¡SOLO PREGUNTA!

SÉ DIFERENTE, SÉ VALIENTE, SÉ TÚ

SONIA SOTOMAYOR

ILUSTRADO POR **RAFAEL LÓPEZ**

TRADUCIDO POR **TERESA MLAWER**

Philomel Books

A Peter Kougasian
Me dijiste que un cuerpo destrozado por la ELA no silencia
una inteligencia brillante, ni cambia la esencia de quien eres,
ni altera el preciadísimo valor de lo que das a los demás.
—S.S.

A Santiago, mi poderoso, pequeño secuoya.
—R.L.

Carta a los lectores

Nací el 25 de junio de 1954, y en 1961, cuando tenía siete años, me diagnosticaron diabetes juvenil. Para cuidarme tenía que hacer cosas que otros niños no hacían. A veces me sentía diferente. Cuando los niños veían que me inyectaba insulina, mi medicina, sabía que sentían curiosidad. Pero nunca me preguntaron a mí, a mis padres o a mis maestros sobre ello. En algunos momentos tenía la impresión de que pensaban que yo hacía algo indebido.

Según fui creciendo comprendí que hay muchas maneras de ser y vivir, y que no solo yo me sentía diferente. Decidí escribir este libro para explicarles a los niños cómo esas diferencias nos hacen más fuertes de manera positiva.

Al igual que mi experiencia con la diabetes, los retos a los que otros niños se enfrentan pueden ser difíciles e incluso frustrantes. Algunos de nosotros vivimos bajo condiciones que requieren medicinas o el uso de herramientas especiales que otros niños no conocen. Algunos de nuestros problemas no son visibles a los demás, pero nos hacen sentir diferentes, por lo que tenemos que hacer cosas que otras personas no comprenden. Sin embargo, todos estos retos nos dan una fortaleza que otros no pueden imaginar.

Es mi deseo que, si tú o tus amigos se ven reflejados en esta historia, comprendan que todos somos diferentes, y que ese conocimiento les brinde esperanza y fortaleza interior. Espero que también descubran todas las cosas que tenemos en común. En lugar de esconder o ignorar nuestras diferencias, podemos mostrarlas y explorarlas juntos.

Si en alguna ocasión te preguntas por qué alguien hace algo diferente, no te quedes callado, solo pregunta.

Sonia Sotomayor

Hola, me llamo **Sonia**. Mis amigos y yo estamos sembrando un jardín.

Los jardines son lugares mágicos. Miles de plantas florecen a la vez, pero cada flor, cada hoja, cada fruto es diferente. Cada uno tiene diferente olor, diferente color, diferente forma y diferente propósito. Algunas flores necesitan mucha luz del sol; otras crecen mejor a la sombra. Algunas tienen que ser podadas regularmente, mientras que otras es mejor no tocarlas. Algunos árboles y flores son muy delicados y otros son más resistentes.

Igual sucede con los niños: no todos son iguales. Algunos de nosotros siempre estamos apurados, otros van con más calma. Algunos somos tímidos y callados, mientras que otros son alborotosos y habladores. Algunas de nuestras diferencias son notables, otras lo son menos. Cada uno de nosotros crece a su propia manera, pero si sientes curiosidad acerca de otros niños, **¡SOLO PREGUNTA!**

No todo el mundo se siente bien contestando preguntas acerca de ellos mismos, pero a mí no me molesta.

¿Qué hago? Varias veces al día me pincho el dedo para medir el azúcar en mi sangre e inyectarme yo misma un medicamento llamado insulina. Hago esto porque tengo diabetes, y mi cuerpo no produce suficiente insulina de forma natural como el de otras personas.

Aunque a veces es doloroso, encuentro el valor para hacerlo y poder mantenerme sana.

¿Necesitas de algún medicamento para mantenerte sano?

Sí. Me llamo **Rafael** y tengo asma, lo que significa que en ocasiones tengo dificultad para respirar. Cuando esto sucede, trato de calmarme y uso un inhalador que contiene una medicina que me permite respirar mejor. Mantenerme sereno me ayuda a tranquilizarme y recobrar el aliento.

El inhalador es como una herramienta que ayuda a mi cuerpo. ¿Utilizas alguna herramienta para ayudar a tu cuerpo?

Me llamo **Anthony** y utilizo una silla de ruedas para moverme. A pesar de que no puedo correr con mis piernas, isí puedo moverme con rapidez!

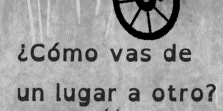

¿Cómo vas de
un lugar a otro?

Me llamo **Madison** y Lucky, mi perro guía, me ayuda a ir de un lugar a otro con seguridad porque soy ciega. **Arturo**, mi amigo, también es ciego; él usa un bastón para guiarse. Aunque no podemos ver, percibimos muchos detalles que pueden pasar desapercibidos a los demás; podemos oír con los oídos, oler con la nariz y tocar con las manos.

¿Cómo utilizas
tus sentidos?

Mi nombre es **Vijay**. Capto el mundo de diferente manera porque puedo ver, pero no puedo oír: soy sordo. Me comunico con las personas por medio de gestos y con las manos a través del lenguaje de señas. Es genial conocer otros lenguajes.

También me gusta
leer y escribir.
¿Y a ti?

Soy Bianca y tengo dislexia, lo que significa que tengo que esforzarme mucho y me toma tiempo leer y escribir. A veces utilizo programas de computadora que me ayudan. Me gusta hacer cosas nuevas y así aprender. Tengo una gran imaginación, muchas ideas, y soy muy buena interpretando artísticamente las imágenes que me vienen a la mente.

Y tú, ¿te destacas
en algo?

Soy un experto en dinosaurios. ¡Sé todo sobre ellos! Me llamo Jordan y tengo autismo. Contar y organizar una y otra vez mis dinosaurios de juguete me tranquiliza. Mi compañera de clase, Tiana, también tiene autismo, pero en ella se manifiesta de manera diferente. Ella no habla.

¡Pero a mí me encanta hablar! Sobre todo acerca de dinosaurios.

Y a ti, ¿de qué te gusta hablar?

Para mí es más fácil escuchar que hablar.

En realidad, me gusta escuchar y prestar atención.

Mi nombre es Anh, y tartamudeo al hablar: a veces

repito la misma palabra o me trabo al tratar de decirla.

Puede que me tome más tiempo expresarme, y en

ocasiones no me atrevo a hablar, pero entiendo

todo lo que pasa a mi alrededor.

¿Alguna vez te has preguntado si la gente te entiende?

Sí. Me llamo Julia. De repente hago movimientos repetidos o sonidos que no puedo controlar porque padezco del síndrome de Tourette. La gente me mira de manera rara porque piensa que no sé comportarme o que no presto atención. Pero no es cierto, yo siempre estoy atenta.

No siempre me gusta hablar de lo que me ocurre —me frustro—, pero me siento mejor cuando les explico a los demás que eso simplemente lo hace mi cuerpo y que no tengo control sobre ello.

¿Te has sentido
frustrado alguna vez?

Me llamo **Manuel** y padezco un trastorno de déficit de atención e hiperactividad también conocido como TDAH. A veces me frustro si siento la necesidad de moverme cuando en realidad debo permanecer quieto. Cuando mis maestros y amigos me comprenden y son pacientes conmigo si se me olvida algo o me distraigo, entonces logro volver a concentrarme.

¿Qué es lo que
te ayuda a ti?

Mi nombre es **Nolan**. A mí me ayuda que los productos alimenticios señalen bien que no contienen cacahuates o nueces porque soy alérgico a ambos. Si accidentalmente comiera algo que contuviera nueces, me podría hacer daño y tendría que ir al hospital. Por eso siempre aviso a todo el mundo de que tengo esta alergia, y nunca me olvido de preguntar si la comida contiene nueces o cacahuates. Expresarme me asegura mantenerme sano.

¿Cómo usas tu voz?

Me encanta cantar y me gusta hablar. También me encanta hacer amigos. Mi nombre es Grace y nací con síndrome de Down. Eso significa que yo, al igual que otros niños que nacen con síndrome de Down, tengo un elemento extra en el cuerpo llamado cromosoma. Puedo hacer casi todo lo que hacen otros niños, aunque me toma más tiempo aprender cosas nuevas. Una manera de aprender para mí es hacer preguntas.

¿Qué haces tú para aprender?

¡Soy yo, Sonia, otra vez!

¡Yo también hago preguntas! Cuando algo me parece diferente o desconocido, les pregunto a mis padres o a mis maestros, y ellos me ayudan a entenderlo. Esto es lo que he aprendido:

Imagina que todas las plantas de nuestro jardín fueran exactamente iguales. ¿Qué pasaría si solo pudiéramos cultivar guisantes? Eso significaría que no habría fresas, pepinos o zanahorias. Tampoco tendríamos árboles, rosas o girasoles.

Al igual que ocurre en nuestro jardín, el hecho de que todos seamos diferentes hace que nuestra comunidad —y el mundo entero— sea más interesante y divertido. Y al igual que todas estas plantas, cada uno de nosotros tiene poderes únicos para compartir con el mundo, y de esa manera hacerlo un lugar más interesante y enriquecedor.

¿Cómo utilizarás
tus poderes?

AGRADECIMIENTOS

Kamala «Mala» Gururaja me inspiró a escribir este libro acerca de niños que se enfrentan a retos difíciles, pero que su coraje, determinación y firmeza los mantienen día a día.

Algunos de los niños que forman parte de mi vida puede que vean sus nombres en este libro. Sí, fuiste tú quien me sirvió de modelo para mi historia, pero los niños de este libro tienen su propia personalidad.

Este libro se ha logrado fundamentalmente gracias a la colaboración y asistencia de Ruby Shamir. Ruby, gracias por ayudarme a no distraerme a lo largo del camino. Y, como siempre, la percepción de mi amiga Zara Houshmand, que mejora la calidad de todo lo que escribo.

Rafael López es un extraordinario ilustrador con quien me siento orgullosa de haber colaborado. Sus dibujos muestran el amor y la sensibilidad por cada uno de los protagonistas.

Mi profunda gratitud a mi talentosa, paciente y sensible editora en Penguin Random House, Jill Santopolo, y a todo el equipo que trabajó en la preparación y promoción de este libro.

Los sabios consejos de Peter y Amy Bernstein de la Agencia Literaria Bernstein, y de mis abogados, John S. Siffert y Mar A. Merriman, han sido inestimables. Mis asistentes, Susan Anastasi, Anh Le y Victoria Gómez, son parte fundamental de todo lo que hago y les estoy muy agradecida.

Es imposible describir los esfuerzos de las muchas personas que leyeron y comentaron los diferentes borradores de este texto, así como de la organización que nos facilitó información fundamental. Muchos de ellos son amigos, pero muchos otros son profesionales que generosamente compartieron su experiencia para validar la información proporcionada. A todos mi especial agradecimiento por las valiosas sugerencias, ideas y conocimientos. En orden alfabético: Brooke Adler, Jenny Anderson, Diane Artaiz, Autism Speaks, Theresa Bartenope, Talia Benamy, Jed Bennett, David Briggs, Rachael Caggiano, Jennifer Callahan, Dr. Rebecca Carlin, Tricia Cecil, Sharon Darrow, Lyn Di Iorio, Dr. Andrew Drexler, Cheryl Eissing, Suzanne Foger, Lisa Foster, Miriam Gonzerelli (mi maestra y prima), Aurelia Grayson, Matthew Grieco, Dr. Kristen Harmon, Alejandro Herrera, Trish Ignacio, Carmen Iguina González, Robert A. Katzmann, Denise Konnari, Elizabeth Lunn, Dr. Alison May, Teresa Mlawer (traductora de la edición en español), Marisa Herrera Postlewate, Amy Richard, Dr. Corinne Rivera (la hija de mi prima Miriam), Dr. Carol Robertson, Dr. Dimitra Robokos, Xavier Romeu-Matta, Ricki Seidman, Dr. Juan Sotomayor (mi hermano), Kristine Thompson y C. J. Volpe.

PHILOMEL BOOKS
An imprint of Penguin Random House LLC
New York

Text copyright © 2019 by Sonia Sotomayor.
Illustrations copyright © 2019 by Rafael López.
Translation copyright © 2019 by Penguin Random House LLC.
First Spanish language edition, 2019.

LIBRARY OF CONGRESS CATALOGING-IN-PUBLICATION DATA IS AVAILABLE UPON REQUEST.

ISBN 9780525515500
Manufactured in China by Toppan Leefung Printing Ltd.
12

Edited by Jill Santopolo.   Design by Jennifer Chung.   Text set in OpenDyslexic.
The art was done in pencil, watercolor, and acrylic on paper and then manipulated digitally.